밤새 서성이는 너의 잠 곁에

잠 시 향

『잠 시 향』책 사용법

잠시 쉬고 싶을 때는 언제든 책을 펼쳐 잠언과 시,
그리고 향기를 음미하세요.
어떤 향인지 구분하려 애쓰기보다
향 그대로를 느끼며 나의 감각을 알아차려 봅니다.

좋은 잠을 자고 싶을 때	책을 펼쳐 시와 잠언을 몇 편 읽는다. 고르는 게 고민될 때는 「감사」P.21 와 「저녁에」P.103 를 읽는다. 잠이 오면 책을 덮고 잠자리에 든다.
잠시 쉬고 싶을 때	눈을 감고 책을 펼친다. 우연의 힘을 믿으며 펼쳐진 면의 잠언과 시를 읽는다. 책에 코를 가까이 대고 향을 음미한다.
잠이 오지 않을 때	이불 속으로 들어가 앉거나 눕는다. 책을 펼쳐 시와 잠언을 읽는다. 책장을 넘길 때마다 날아드는 향을 음미한다. 잠이 올 때까지 계속 읽는다.
잠은 오지 않고, 몸도 너무 힘들 때	이불 속으로 들어가 눕는다. 책을 펼치고 눈을 감은 채로 향만 음미한다.

나태주 잠언과 시
한서형 향기와 글

향기
시집

밤새 서성이는 너의 잠 곁에

잠 시 향

존경과행복

prologue

002 · 『잠 시 향』 책 사용법

011 · 잠은 축복입니다
나태주 시인

013 · 잠시라도 깊고 향기로운 숨을 쉬길
한서형 향기작가

시가
나를 재운다

019 · 잠 시 향
021 · 감사
023 · 잠시
025 · 누군가
027 · 그 집
029 · 겨울맞이
031 · 지상의 시간
033 · 그러므로
035 · 새야
037 · 길 2
039 · 눈 길
041 · 꽝 1
043 · 마음의 길
045 · 서로가 꽃
047 · 기대어 멀리
049 · 마음을 비우라고?
051 · 풀꽃과 놀다
053 · 굽은 길
055 · 선물
057 · 참말로의 사랑은
059 · 비로소
061 · 마음공부

063 · 대답
065 · 외로움
067 · 연
069 · 풀꽃
071 · 만추
073 · 사라짐을 위하여
075 · 꽃 2
077 · 숲에 들다
079 · 담소
081 · 매화 아래
083 · 잠들기 전 기도

시로
꿈을 꾼다

089 · 스타가 되기 위하여
091 · 사막을 꿈꾸다
093 · 반성
095 · 돌아오는 길
097 · 꿈속에서도
099 · 피곤한 초록빛
101 · 제비꽃 옆
103 · 저녁에
105 · 무거운 몸
107 · 틀렸다
109 · 구름이여
　　　꿈꾸는 구름이여 28
111 · 점
113 · 바람이 붑니다
115 · 감사
117 · 쉬어 가자
119 · 꽃 2
121 · 차가 식기 전에
123 · 꽃이 되어 새가 되어
125 · 자연과의 인터뷰
127 · 인생
129 · 섬에서

131 · 누워서 생각했을 때
133 · 그냥 좋다
135 · 연필그림
137 · 사는 법
139 · 삶
141 · 상생
143 · 범사
145 · 말
147 · 풀꽃 2
149 · 저녁
151 · 가질 수 없어
153 · 충분한 하루

시가
나를 깨운다

159 · 독서
161 · 여행의 끝
163 · 빈자리
165 · 축복
167 · 시 2
169 · 작은 깨침
171 · 시에게 부탁함
173 · 햇빛 밝은 날
175 · 사랑이여
　　　조그만 사랑이여 9
177 · 구름이여
　　　꿈꾸는 구름이여 60
179 · 물은
181 · 아름다움
183 · 선물
185 · 사랑
187 · 시
189 · 시집
191 · 아침 새소리
193 · 귀로에 올라 1
195 · 귀로에 올라 2
197 · 기쁨
199 · 눈부신 세상

201 · 새봄
203 · 시인 1
205 · 시를 두고서
207 · 잠들기 전에
209 · 그 말
211 · 시가 나를 깨운다
213 · 오후
215 · 봄밤
217 · 사랑이여
　　　조그만 사랑이여 45
219 · 어떤 문장
221 · 나쁘지 않은 생각
223 · 멀리서 빈다

epilogue

226 · 잠, 시 그리고 향에 관한 인터뷰
　　　향기작가 한서형이 묻고 시인 나태주가 답하다

234 · 잠 시 향, 향기에 대하여

237 · 자비의 기도

239 · 저자 소개

잠은 축복입니다

우리의 삶은 둘로 나뉩니다. 낮의 삶과 밤의 삶. 그것은 지구의 공전과 자전에 따라서 생기는 아주 자연스러운 현상이지요. 얼핏 보면 낮의 삶만 중요하고 밤의 삶은 중요하지 않은 것처럼 보이지만 그건 그렇지 않습니다. 낮이 없는 밤이 있을 수 없듯이 밤이 없는 낮 또한 있을 수 없습니다.

낮이 역동적인 삶이라면 밤은 부드러운 휴식의 삶입니다. 바로 이 부드러운 휴식의 삶이 있어야만 낮의 역동적인 삶이 가능합니다. 그러므로 밤의 삶이 소중할 수밖에 없고 밤에 깊이 드는 잠은 축복입니다.

지난밤 잘 주무셨는지요? 잠자리는 편안했는지요? 그것은 중요한 물음이며 그 무엇보다도 아름다운 사람 간의 인사입니다. 당신에게 편안한 잠을 드리고 싶습니다. 그것은 그 무엇과도 바꿀 수 없는 귀한 소망이요, 선물입니다. 어떨까요? 이 책이 당신에게 그런 선물과 축복을 드린다면 얼마나 좋을까요.

머리 조아려 함께 책을 만든 사람들의 마음까지 담아 당신에게 잠을 선물로 드리고 싶습니다. 부디 당신의 잠을 거절하지 마시기 바랍니다. 은은한 향기는 또한 당신을 편안한 잠의 세상으로 데리고 가는 길잡이가 되어줄 것입니다.

당신, 낮에도 좋으셨으니 밤에도 좋으시기 바랍니다.

2023년 여름 소나기 아래
나태주 씁니다.

잠시라도 깊고 향기로운 숨을 쉬길

시와 잠언을 읽다가 잠들면 다음날 더 기분 좋게 깨어났습니다. 기억나진 않지만 좋은 꿈을 꾼 듯 편안했고요. 내가 누린 행복을 고스란히 이 책에 담고 싶었습니다, 당신을 잠으로 안내할 향기와 함께.

잠들기 전에 펼치면 좋은 잠으로 이끌고, 쉬고 싶을 때 코를 대면 마음이 편안해지는 향기를 상상했어요. 향기를 만들면서 잠시 길을 잃고 서성거릴 때마다 명상을 하고, 나태주 시인님의 아름다운 시와 잠언을 읽고 또 읽었습니다.

감미로운 자장가를 떠올리며 만들기 시작한 향기는 햇볕에 바싹 말라 보송보송한 이불처럼 포근한 향으로 완성되었습니다. 이 책에 수록된 향기가 잠의 단짝인 이불 같은 향이라면, 그래서 매일 잠들 때, 이불처럼 찾게 되는 책이 된다면 얼마나 좋을까요.

책을 펼칠 때마다 느껴지는 보드라운 향기는 시간이 흐르면서 옅어질 거예요. 그래도 시와 잠언을 읽을 때마다 기억날테니 너무 아쉬워 마세요. 코끝에서 희미해져도 기억에는 선명하게 남는 게 향기의 묘미랍니다.

당신, 책을 펼쳐 잠시라도 깊고 향기로운 숨을 쉬길, 그 숨이 작은 쉼이 되고 좋은 잠이 되길, 그리하여 잠결에도 향기롭기를 바랍니다.

2023년 여름 밤내음 아래
한서형 씁니다.

시가
나를 재운다

번번이 젊은 날 책을 읽다 잠이 들면
고달픈 이마를 짚어 맑고 따스한 손으로
어루만져주는 램프의 불빛인 양
보이지 않는 마음의 불빛으로
생각해주는 한 사람 있다면
인생은 잠시 행복한 것이라고
오해하거나 착각해도 좋으리.

「잠시」 중에서

잠들기 전에는
나의 잘못과 나의 사랑과
내가 잊지 못하는 것들을 모두
잠시 내려놓고
잠시 잊어버리자.

잠시 향

오래 읽기 어려울 거예요
쉽게 읽지 못할 거예요
하루에 한 페이지
두 페이지만 읽어도
잠이 찾아올 거예요
그것도 당신이 기다리던
바로 그 잠이.

앞으로의 계획을 세우기보다 지금 이대로 살고 싶다.
소망이 있다면 오늘 하루,
이 세상 첫날처럼 순하고 아름답게,
정답게 살고 싶다.
저녁에 잠자리에 들 때,
이 세상 마지막 날처럼 여한 없이
감사하게 살았노라 만족하며 잠들고 싶다.

감사

살아서 숨 쉴 수 있음에 감사
너를 만날 수 있음에 감사
목소리 들을 수 있음에 또다시 감사
사랑할 수 있음에 더욱 감사

하나님한테 용서 받을 수 있음에
더더욱 감사.

나는 행복한 사람이 아니라 행복하다고 생각하는 사람이다.
기뻐하고, 기뻐하도록 노력하자.
타인을 도와주고 나도 그 기쁨을 방해받지 않도록 하자.
지금 행복한 것이 아니라 행복하다고 생각하는 것.
행복은 연습이고 학습이다.

잠시

바닷물 밖으로 던져진 한 마리 새우처럼
팔다리 오그려 영어 글자의 C자로
잠들어 있을 때 나도 모르게 다가와
이불을 가져다 덮어주는 한 사람 있다면
인생은 잠시 덜 억울해도 좋으리

번번이 젊은 날 책을 읽다 잠이 들면
고달픈 이마를 짚어 맑고 따스한 손으로
어루만져주는 램프의 불빛인 양
보이지 않는 마음의 불빛으로
생각해주는 한 사람 있다면
인생은 잠시 행복한 것이라고
오해하거나 착각해도 좋으리.

너 오늘 혼자 외롭게 꽃으로 서 있음을
너무 힘들어하지 말아라.

누군가

누군가 보고 있다
걱정스런 표정

누군가 울고 있다
일그러진 얼굴

누군가 웃고 있다
꽃 한 송이 들고

누군가 기도하고 있다
곱게 모은 두 손

바로 당신
그것은 나.

나는 풀꽃처럼 작은 것에 관심이 간다.
초라한 것에 마음이 가고
앞자리보다 뒷자리에 앉은 사람에게 관심이 많고
늙은 사람과 어린 사람을 보호하고 용기를 주고 싶다.
함께 가야 더 좋은 세상이 되니까.

그 집

버려진 풀꽃조차
의미를 얻고
지나는 바람조차
주인이 되는 집

공주, '루치아의 뜰'.

*루치아의 뜰:
 공주 원도심 골목길 끝자락에 위치한
 석미경 루치아님이 가꾸는 옛집과 아름다운 뜰이 있는 티 하우스

밀도 있게 시간을 사용하려면 쉬는 지혜가 필요하다.
휴식은 낭비가 아니라 다음에 올 시간을 운영하기 위해
필요불가결한 전제조건이다.

겨울맞이

이제 쉬거라 그만 쉬거라
한숨도 고통도 내려놓고
잠들 수 있으면 잠이 들려무나
잠 속에서 꿈속에서 그대
찬란한 새로운 길을 보게 될 것이다
회색 빛 늪 속에 오래 엎드려 썩고 썩으면
눈부신 봄날의 새 햇빛
지극히 여리고 사랑스러운 새싹
새로 눈터 오는 이파리들의 세상을 볼 것이다

거리에 바람이 분다
나뭇잎들이 바람에 불려 흩어진다
낮은 트럼펫 소리도 들린다.

삶에서 가장 소중한 것은 시간이다.
시간은 우리가 만든 허깨비지만
시간이 오라고 해서 왔고 시간이 지남에 따라
나이를 먹고, 늙고, 지상에서 사라질 것이다.
아버지의 시간을 자식이 빌릴 수 없고
자식의 시간을 아버지가 쓸 수 없다.
아내의 시간과 남편의 시간은 엄연히 다르다.
시간을 엄격하게 자각할 때 소중함을 알게 된다.

지상의 시간

지상의 모든 시간은
사람을 기다려주지 않는다

기차도 사람을 기다려주지 않고
계절도 꽃도 사람을 기다려주지 않고
내 앞에 앉아서 웃고 있는 너도
나를 기다려 주지 않는 것은 마찬가지

어찌할 텐가?

더욱 열심히 살고
더욱 열심히 사랑할 밖에는
달리 길은 없다.

사람에게 진정 필요하고 중요한 존재는 사람이다.
특히 어려운 일을 당했을 때 진면목이 나타난다.
더구나 그가 이 세상을 떠난 뒤에
그리워하는 사람이 한 명이라도 있다면
성공한 인생을 산 사람이다.

그러므로

사람이 세상에서
천국을 살지 못하면
나중에 죽어서
천국에 가서도 천국을
살지 못할 것이다

이것은 요즘의
나의 생각

그러므로 내 앞에서 지금
웃고 있는 너는
천국의 사람인 것이다.

인생에서 실패 한 번 해보지 못한 사람이
어찌 인생의 짠맛을 제대로 안다고 하겠는가.
눈물로 고향을 떠났다가 울면서 돌아와 보지 못한 사람이
고향으로 가는 길고 구부러진 에움길의
부드러움과 서러움을 안다고 하겠는가.
사람은 누구나 실패한 만큼 성공을 거두는 법.
떠난 만큼 돌아오고 준 만큼 받는 것이
인생의 엄격한 법칙이다.

새야

남들이 보는 데서 추는 춤은
춤이 아니다

남들이 듣는 데서 부르는 노래는
노래가 아니다

새야,
노래하고 숨는 새야,

남들이 아는 걸 꾸는 꿈은
꿈이 아니다.

산책길에 만나는 것들은
자연이기도 하지만 삶의 흔적이기도 하다.
자연과 인간의 삶이 서로 어우러져 조화를 이룰 때
그것은 더욱 의미를 갖고 아름다우며,
때로는 감동의 문턱에까지 이르게 한다.

길 2

물은 제 갈 길을 간다

사람이 길을 만들어줘도
물이 가는 길은
빠른 길이다
곧은 길이다

세상 일들도 마찬가지

사람들의 뜻과는 달리
세상 일들이 가는 길은
급한 길이다
질러가는 길이다.

아무리 조금 남은 인생일지라도
소중하고 아름다운 인생이며
진저리 치도록 감사한 인생이다.

눈 길

소리는 들리는데
새가 없다
하늘에서 오는 소리일까?
돌아다보니
휘청,
눈을 털고 일어서는
소나무 가지
여전히 새는
보이지 않는다
다시 돌아서려는데
휘청,
현기증이 나려고 한다
아마도 눈향기를 너무
많이 마셔서 그런가 보다.

좋아하는 걸 하면 하다가 그만둬도 상처받지 않는다.
그럴 때는 넘어져 무릎이 깨져도 자존감이 남는다.
좋아하는 게 있으면, 그걸 하면 된다.

꽝 1

깨달은 사람이 아닌 것이
얼마나 다행스런 일인지 몰라
깨닫지 못한 사람인 것이
얼마나 더 좋은 일인지 몰라

만약 내가 깨달은 사람이었다 생각해봐
이 세상 모든 걸 알고 있는 사람이었다면
세상 살맛 꽝이지 뭐야
그건 얼마나 재미없는 일이겠냐 말야

살아도 살아도 모르는 것 천지
읽어도 읽어도 산더미같이 쌓이는 책들
아, 만나도 만나도 정다운 사람들
이 무진장, 무진장의 재미

나한테 당신!
당신한테 나!

마음이 힘들 때 생각나는 사람이 있다면
소중히 여기길 바란다.
그 사람이 내 행복의 근원이니까.

마음의 길

사람이 다니면 사람의 길이 생긴다
바람이 다니면 바람 길이 되고
물이 다니면 물길이 열린다
쥐나 새가 오가면
쥐나 새들의 길이 생기는 것처럼
마음이 오가면
마음길이 열린다
얘야,
제발 비껴 있지 말거라
봉숭아 꽃물 들인 손으로 가을꽃 꺾어 가슴에 안고
기다리지 않아도 좋다
빈손이라도 좋고
찡그린 얼굴이라도 좋으니
내가 찾아가는 마음 길 맞은편
허전하게 비워 두지는 말아다오.

너와 내가 마주보면
더러 꽃으로 피어나기도 하고
잎으로 자라기도 하리라.

서로가 꽃

우리는 서로가
꽃이고 기도다

나 없을 때 너
보고 싶었지?
생각 많이 났지?

나 아플 때 너
걱정됐지?
기도하고 싶었지?

그건 나도 그래
우리는 서로가
기도이고 꽃이다.

실패를 알아야 성공할 확률이 높아진다.
집안 좋고 재능 있고 머리가 좋아도
노력을 보태지 않으면 성공할 수 없다.
시도했다가 실패하면 '이번 생은 망했다' 가 아니라
'한 번 실패했구나, 이제 한 번 시작했다'라고 생각하자.

기대어 멀리

햇빛 비쳐 아직은
따스한 흙 담장
기대어 먼 하늘 본다
별나다, 오늘
구름도 없다
굽은 길 멀리 있다.

우리가 제대로 살아야 하는 이유는
우리 삶의 자취가 영원히 남기 때문이다.
그 사람이 남긴 무언가가 다른 이를 이롭게 할 때
참 의미 있는 인생이 된다.

마음을 비우라고?

마음을 비우라는 말들을 자주 듣는다
마음을 비우는 것이 몸에도 좋고
마음에도 좋다는 충고를 듣는다

허지만 나는 비우기보다는 채우라고 말하고 싶다
채워도 넘치도록 채우라고 말하고 싶다
좋아하는 마음과 사랑하는 마음과
안쓰러운 마음으로 차고 넘치도록
채우라고 말하고 싶다

그러다 보면 싫어하는 마음이 줄어들고
미워하는 마음도 줄어들고 의심하는 마음 또한
조금씩 줄어들 것이 아니겠나……

채우고 채우다가 그래도 빈곳이 있으면
아침햇살로 채우고 저녁노을로 채우고
새소리 바람소리로 채우고
풀꽃 향기로 가득 채우는 것이 더욱
좋은 일 아니겠냐고 말하고 싶다.

오늘의 일은 오늘의 일로 충분하다.
너, 너무 잘하려고 애쓰지 마라.

풀꽃과 놀다

그대 만약 스스로
조그만 사람 가난한 사람이라 생각한다면
풀밭에 나아가 풀꽃을 만나보시라

그대 만약 스스로
인생의 실패자, 낙오자라 여겨진다면
풀꽃과 눈을 포개보시라

풀꽃이 그대를 향해 웃어줄 것이다
조금씩 풀꽃의 웃음과
풀꽃의 생각이 그대 것으로 바뀔 것이다

그대 부디 지금, 인생한테
휴가를 얻어 들판에서 풀꽃과
즐겁게 놀고 있는 중이라 생각해보시라

그대의 인생도 천천히
아름다운 인생 향기로운 인생으로
바뀌게 됨을 알게 될 것이다.

어둠이 찾아오면 밤하늘의 별들을 우러러보라.
나아가 하나의 별에게 눈을 모으고
오래 그 별을 생각해보고 그리워해보라.
그러면 그 별도 너를 바라보기 시작할 것이다.
너를 생각해 주고 사랑해 줄 것이다.

굽은 길

꽃만 보아왔던 거다
열매, 헌칠한 가지 끝에 달린 열매나
시원스런 이파리, 드디어 곱게 옷을
갈아입는 단풍잎만 좋아라 보아왔던 거다

꽃과 열매, 나뭇가지, 나무 잎새
그리고 단풍잎을 위해 기를 쓰고
버티고 서있는 나무 밑둥이나 뿌리의 수고로움은
보고 싶지 않았던 거다
일부러라도 외면하고 싶었던 거다

새로 떨어진 나무 잎새에
쌓이고 쌓여 썩어 가는
해묵은 나뭇잎들의 한숨소리
앓으면서 내는 신음소리
아직은 몰랐던 거다
귀가 있어도 듣지 못했던 거다

이제는 한숨소리를 들어야 할 차례다
길고 긴 밤 많은 어둠들을 헤아리며
나뭇잎들이 썩으면서 내는 한숨소리, 신음소리에
귀를 기울여야 한다.

내가 누군가에게 선물이었으면 좋겠다.
우리 서로 선물이라고 생각하자.
내 곁에 있는 사람이 정말로 좋은 선물,
우연으로 나에게 온 선물이라고.

선물

나에게 이 세상은 하루하루가 선물입니다
아침에 일어나 만나는 밝은 햇빛이며 새소리,
맑은 바람이 우선 선물입니다

문득 푸르른 산 하나 마주했다면 그것도 선물이고
서럽게 서럽게 뱀 꼬리를 흔들며 사라지는
강물을 보았다면 그 또한 선물입니다

한낮의 햇살 받아 손바닥 뒤집는
잎사귀 넓은 키 큰 나무들도 선물이고
길 가다 발밑에 깔린 이름 없어 가여운
풀꽃들 하나하나도 선물입니다

무엇보다도 먼저 이 지구가 나에게 가장 큰 선물이고
지구에 와서 만난 당신,
당신이 우선적으로 가장 좋으신 선물입니다

저녁 하늘에 붉은 노을이 번진다 해도 부디
마음 아파하거나 너무 섭하게 생각지 마서요
나도 또한 이제는 당신에게
좋은 선물이었으면 합니다.

행복은 내 안에 있다.
남이 주는 게 아니라 내가 찾아내는 것이다.
가까이 있고, 오래되고, 흔하고,
작은 일, 작은 것들을 소중하게 여기는 게 행복이다.

참말로의 사랑은

참말로의 사랑은
그에게 자유를 주는 일입니다
나를 사랑할 수 있는 자유와
나를 미워할 수 있는 자유를 한꺼번에
주는 일입니다
참말로의 사랑은 역시
그에게 자유를 주는 일입니다
나에게 머물 수 있는 자유와
나를 떠날 수 있는 자유를 동시에
따지지 않고 주는 일입니다
바라만 보다가
반쯤만 눈을 뜨고
바라만 보다가.

세상을 들여다보니 두 쪽,
하나는 '나', 그리고 나를 뺀 모든 '너'.
소중한 내가 잘 살려면 모든 너의 도움과
사랑, 소통, 그리고 협조가 필요하다.
이것이 내가 나이 들어 너무 늦게 깨달은 사실이다.

비로소

그는 내가 저를 사랑하는 줄 모르지 않는다
내가 저를 위해 오래 참고 기다리는 줄 모르지 않는다
내가 저를 두고 마음 아파하는 줄 모르지 않는다

그 모든 것을 받아 무언가 되고 싶어 했을 때
그는 비로소 꽃이 된다.

마음은 보이지도, 들리지도, 만져지지도 않는다.
그러나 마음이 세차게 일렁이는 것 같은
느낌만은 누구나 감지한다.
우리들 마음은 흐르는 강물과 같다.
이 마음 하나 제대로 고삐를 잡고 다루지 못해
한평생 울며불며 고생을 한다.
자기 마음을 다스리는 사람이 세상에서 가장 강한 사람이다.

마음공부

한 순간도 내려놓을 수 없었던 것은 나

끝내 나는 세상에서 잊혀져서는 안 되는 사람이고
내일도 살아있는 사람이어야 했다
그 생각부터 내려놓아야 했다

대책 없는 그리움이여 그리움의 아우인 외로움이여
설산 까마귀도 쪼아 먹지 못할 만큼 늙어버린 비애여

그것부터 날마다 내어다 버려야만 했다.

"뭘 하는 사람이 될래?" 대신 "어떻게 살래?" 라고 물어야 한다.
기본에 충실하고 하루하루 집중하고
남에게 잘 하는 사람이 되도록 안내해야 한다.

대답

누군가 새해에는 당신
어떻게 살겠느냐 더러
물어올 때

한결같은 대답은
내일도 오늘처럼
내일도 지금처럼.

사랑은 사람을 살아가게 하는 에너지다.

외로움

길을 가다가
몸을 돌린 채
바람을 맞고 있는 소나무
아무래도 외로워 보여
저만큼 가다가 돌아와
다시 한참 그 옆에 서보는 날이
내게 있었다.

적당한 거리를 두고 사랑을 해보자.
그러면 아픔과 슬픔도 적당해진다.

연

오래
기다리셨습니다

드릴 것은
조그만 마음뿐입니다

부디 오래
머물다 가십시오

바람에겐 듯
사랑에겐 듯.

자세히 보아야 예쁘다는 말은
자세히 안 보면 안 예쁘다는 뜻이고.
오래 보아야 사랑스럽다는 말은
오래 안 보면 사랑스럽지 않다는 뜻이다.
우리는 다 그런 사람.
억지로라도 자세히 봐서 예쁘게 보고
오래 봐서라도 서로 사랑스럽게 봐야 한다는 얘기다.

풀꽃

자세히 보아야
예쁘다

오래 보아야
사랑스럽다

너도 그렇다.

음악의 강물에 나를 띄워라.

시를 읽고 시에 내 마음을 대봐라.

어떤 빛깔이 나오고 어떤 냄새가 번지고 어떤 소리가 들리는가.

그렇게 해야 시를 제대로 감상할 수 있다.

시는 비판이 아니라 감상의 대상이다.

만추

돌아보아 아무 것도 없다

다만 사랑했던 날들
좋아했던 날들
웃으며 좋은 말 나누었던 날들만
희미하게 남아 있을 뿐

등 뒤에서 펄럭!
또 하나 나뭇잎이
떨어지고 있었다

오직 적막한 우주.

행복 앞에 기쁨, 기쁨 앞에 만족, 만족 앞에 감사.
자신이 이미 누리고 가진 것에 만족하고 감사하고
기뻐할 때 행복은 여지없이 온다.

사라짐을 위하여

날마다 울면서 기도한다

아침 해와 저녁 해는 얼마나
장엄하고 아름다운 것인가!
그 둘 사이에 얼마나 많은 것들이
새롭게 태어나고 새롭게 죽는가!
아침 해는 저녁 어둠과 별들을 사라지게 하고
저녁 해는 한낮의 모든 것들을 데려간다
무엇보다도 너와 내가
다시 한 번 어렵게 만나고
어렵게 헤어진다
잘 가 울지 말고 잘 잘 살아
너무 힘들어하지 마

날마다 마음 조아려 기도한다

어떻게 예쁘게 볼까,

어떻게 사랑스럽게 볼까,

그러다가 방법이 없다는 걸 알았다.

자세히 오래 보자.

자세히 오래라도 봐서 사랑스럽고 예쁘게 보자.

꽃 2

예뻐서가 아니다
잘나서가 아니다
많은 것을 가져서도 아니다
다만 너이기 때문에
네가 너이기 때문에
보고 싶은 것이고 사랑스런 것이고 안쓰러운 것이고
끝내 가슴에 못이 되어 박히는 것이다
이유는 없다
있다면 오직 한 가지
네가 너라는 사실!
네가 너이기 때문에
소중한 것이고 아름다운 것이고 사랑스런 것이고 가득한 것이다
꽃이여, 오래 그렇게 있거라.

질 줄 아는 마음의 능력은
마음에 유연함과 너그러움이 있어야 가능한 일이다.
때로는 슬그머니 져주는 인생도
충분히 아름다운 인생이다.

숲에 들다

날마다 바람이 와서 비밀한 이야기를 들려주고
새들도 비밀한 노래를 가르쳐주지만
나무는 아무에게도 비밀을 발설치 않고
가슴 속 깊이 감추어둔다

해마다 나무의 나이테가 늘고
위로만 곧게 자라는 까닭이 그것이다
봄이면 새싹이 나고 꽃이 피어나고
여름이면 녹음 우거져
잎이 지고 가을에 열매가 익는
까닭이 바로 그것이다

비밀이 지켜지는 한 여전히
숲은 아름답다
바람도 아름답고 새들도 아름답고
사라지는 개울물소리며 사람들까지도
숲 속에서는 아름다울 수밖에 없다.

오랜 세월 마음에 두고 사귄 사람이
오늘에 이르러 변함이 없다면
내일도 변함이 없을 것은 자명한 일.
이런 사람이 한두 사람이라도 있다면 얼마나 좋은 일인가.

담소

조금 늦게 찾아갔음을
굳이 후회하지 않아도 좋을 것 같다

혼자 오래 살았어도
나이 들지 않는 향기로운 고요와
어여쁜 고독이 살고 있는 집

쉬이 날이 저물고 어두워짐을
걱정하지 않아도 좋을 것 같다

구름 흘러 하늘에 몸을 풀고
강물 흘러 바다에 몸을 던지듯
있어도 좋고 없어도 좋은 이야기들
오래 오래 기다리고 있는 집

'내 안의 아름다움을 알아주는 사람과
맨발로 숲을 걷고 싶다'
누군가 많이 외로운 사람 혼자 와서
적어놓고 간 글귀

외로움은 인간을 병들게 하지만 때로
영혼을 맑고 깨끗하게 만들어주기도 한다.

이렇게 가서는 안되겠다 싶을 때는 돌아가자.
아니, 길을 다시 내자.

매화 아래

깨끗이 쓸어 논 마당을
밤사이 매화나무가
어질러 놓았다

비로 쓸고 있는 사이에도
후룩후룩 매화나무는
붓질을 했다

매화나무야 걱정 말아라
너는 그림 그리고
나는 그림 지우면 되니까.

잠은 잠시 죽는 것.

잠시 자기를 놓고 죽었다가 다시 깨어나는 것이다.

깨어날 수 있다는 희망이 우리를 잠들게 한다.

나는 잘 자든 못 자든

다시 깨어날 수 있음을 믿고서야 잠들 수 있었다.

잠들기 전 기도

하나님
오늘도 하루
잘 살고 죽습니다
내일 아침 잊지 말고
깨워주십시오.

시로
꿈을 꾼다

두 팔과 다리를
나무 가지 위에 걸어놓고
등과 엉덩이를 구름 위에 눕힌다
머리는 별에게, 가슴은
하늘 물소리한테 맡기면 어떨까?

「무거운 몸」 중에서

스스로를 별이라고 생각하라.
마음에 별을 품으면
내일이라는 희망,
주변에 대한 사랑,
자신의 일을 찾아갈 수 있다.

스타가 되기 위하여

별은 멀리 아주 멀리에 있다
별은 혼자서 반짝인다 언제나 외롭다
사람도 마찬가지

스타가 되기 위해서는 외로워야 한다
멀리 있는 것을 그리워 할 줄
알아야 한다

무엇보다도 먼저 자기 자신을
이기는 사람이어야만 하겠지
아니야, 자기한테 자기가 슬그머니 져줄 줄도 아는
그런 사람이어야 할 거야
그리고 나서도 스스로 충분히
반짝일 줄 아는 사람이어야 할 거야

스타가 되고 싶은 딸아,
어두워지는 밤이 오면 하늘을 보거라
거기, 아빠가 너를 내려다보고 있을 것이다.

'이렇게 해야지' 다짐하고 출발해도 마음이 오염되고
지치거나 우울해지고 어두워지기도 한다.
그럴 때는 다시 본래의 마음, 안정되고 깨끗하고 맑고
지치지 않는 마음으로 돌아가야 한다.
음악을 듣고 영화를 보고 여행을 하는 것,
책을 읽고 시를 쓰거나 편지를 쓰는 것이
마음을 밝히는 올바른 노력이다.

사막을 꿈꾸다

그대, 인생이 지루한가?
그렇다면 사막을 꿈꾸라
이내 인생이 싱싱해질 것이다

그대, 하루하루가 답답한가?
그렇다면 사막을 가슴에 품으라
이내 가슴이 열릴 것이다

그대, 마음이 슬픈가?
그렇다면 사막을 오래 그리워하라
이내 마음은 보랏빛으로 물들 것이다.

오늘 잠들 때까지 하지 못한 일이
내일 나의 소망이 되고
사는 동안 세상에서 하지 못하고 남겨둔 일은
다른 사람의 소망이 된다.

반성

아니란 것을
알았으니
된 것이다

된다는 것을
알았으니
더욱 된 것이다.

인생이란 뭔지 모르고 사는 것.

인생을 알고 사는 사람도 정의 내리고 사는 사람도 없다.

그러니 인생은 무정의 용어.

돌아오는 길

점심 모임을 갖고 돌아오면서
짬짬이 시간
돌아오는 길에 들러 본 집이 좋았고
만난 사람은 더 좋았다

혼자서 오래 산 사람
오래 살았지만 외로움을 잘 챙겼고
그러므로 따뜻함을 잃지 않은 사람
마주 앉아 마신 향기로운 차가 좋았고
서로 웃으며 나눈 이야기는 더욱 좋았다

우리네 일생도 그렇게
끝자락이 더 좋았다고 향기로웠다고
말할 수 있었으면 참 좋겠다.

성공이란, 어린 시절 꿈꾸었던 자신을 가슴에 품고,
나이 들어 그 사람을 만나는 것.
친구들의 빠른 성공을 보며 답답해하지 말자.
누군가를 롤 모델로 삼고, 따라 하는 게 성공은 아니다.
내 성공은 내 안에 있다.
내가 꿈꾸던 사람을 현실에서 만나는 것, 그것이 성공이다.
나도 지금 그 사람을 만나러 가는 길이다.

꿈속에서도

일생이 허무하게 흘러가고 있었다
별로 잃은 것도 얻은 것도 없다는 생각이다
다만 좋은 글을 쓰지 못한 것이 마음에 걸렸다
꿈속에서도 나는 그것이 조금 서러웠다
잠시 엎드려 흐느껴 울었을 지도 모른다.

사는 게 참 힘들다는 생각이 들 때는
내가 얼마나 많은 사람들에게 사랑받았는지 떠올려보자.
어제 만난 사람이 오늘 만나 밥은 먹었냐고 묻는 것,
처음 만난 사람이 건네는 친절한 인사,
그것도 사랑이다.
그 사랑이 지금 우리 곁에 있다.
우리가 모르고 있을 뿐.

피곤한 초록빛

오늘도 피곤한 하루 저녁시간
날 저물어 피곤해서 좋다 감사하다
노곤하게 지는 늦은 봄날 저녁 햇빛
담쟁이 넝쿨에 비친다
이런 땐 초록도 피곤한 초록빛
피곤한 초록빛이어서 맘 편하다
너도 좀 쉬거라 오늘 하루
함께 잘 견뎌주어서 고맙구나.

시인은 봄과 같은 마음,
어진 마음을 가져야 한다.
어린아이처럼 새롭게 놀라는 마음으로
바라볼 줄 알아야 한다.
스스로 나무가 되고 구름도 되고 구르는 돌멩이가 되어
그들의 이야기를 들을 수 있어야 한다.

제비꽃 옆

또다시 봄 좋은 봄
죽었다 살아난 구름
낼름 혓바닥 내밀어
새하얀 솜사탕 한 점 베어 물고
오늘은 제비꽃 속으로 들어가
잠이나 청해볼까?
제비꽃은 진보랏빛
심해선 밖 바다 물빛
별빛 이불 덮고 잠이나 청해볼까?
오소소 추워라 잠이 오지 않는 밤
나도 내일엔 집 한 채 지어야겠다.

손 놓으면 안 돼.
손을 붙잡고 버거운 짐이라도 들고 끝까지 가라.
'아, 나는 다 해냈다!' 이 말을 스스로에게 듣기를 바란다.
부디 너 자신을 살고 스스로를 빛내라.

저녁에

저녁에 잠든다는 건
내일의 소망을
가슴에 안는다는 일이고

오늘의 잘못들을
스스로 용서하고
잊는다는 것이다.

자존심은 높은데 자존감이 낮다고 느낄 때는
자신에게 괜찮다고 말하고 휴가를 주자.
상을 주고 칭찬하자.
집에서도 자신을 찌그리지 말자.

무거운 몸

두 팔과 다리를
나무 가지 위에 걸어놓고
등과 엉덩이를 구름 위에 눕힌다
머리는 별에게, 가슴은
하늘 물소리한테 맡기면 어떨까?

몸이 조금씩 가벼워진다.

인생은 늘 한가롭거나 번잡하기만 하지 않다.
삶을 어떻게 생각하며 사느냐에 따라
주어진 시간을 어떻게 배분하며 사느냐에 따라
인생이 달라진다.

틀렸다

돈 가지고 잘 살기는 틀렸다
명예나 권력, 미모가지고도 이제는 틀렸다
세상에는 돈 많은 사람이 얼마나 많고
명예나 권력, 미모가 다락 같이 높은 사람이 얼마나 많은가!
요는 시간이다
누구나 공평하게 허락된 시간
그 시간을 어디에 어떻게 써 먹느냐가 열쇠다
그리고 선택이다
내 좋은 일, 내 기쁜 일, 내가 하고 싶은 일 고르고 골라
하루나 한 시간, 순간순간을 살아보라
어느새 나는 빛나는 사람이 되고 기쁜 사람이 되고
스스로 아름다운 사람이 될 것이다
틀린 것은 처음부터 틀린 일이 아니었다
틀린 것이 옳은 것이었고 좋은 것이었다.

내 인생은 그야말로 마이너고 비주류고 소수자였다.

그런데 이런 조건들은 나의 삶이나 행복과

전혀 관계가 없었다.

나의 삶에 집중하고

스스로 자존감을 높이고 간직할 때

얼마든지 주류가 된다.

너의 주류가 아니고 너의 비주류가 아니고

'나는 나의 주류'.

그래서 나는 시골에 살아도 좋고

키가 작아도 좋고

머리카락이 없어도 모자를 쓰면 되니 괜찮다.

우리는 나의 주류가 되어

나만의 꽃을 피울 필요가 있다.

구름이여 꿈꾸는 구름이여 28

내가 자꾸만 아름다운 생각
즐거운 생각
맑고 고운 생각을 하면 할수록
세상도 따라서 아름답고 즐겁고
맑고 고운 세상이 되는 것이 아닐는지……

나의 생각들이
빛이 되고 노래가 되어서.

내가 자꾸만 어두운 생각
나쁜 생각
슬프고 아픈 생각을 하면 할수록
세상도 따라서 어둡고 나쁘고
슬프고 아픈 세상이 되는 것이나 아닐는지……

나의 생각들이
덫이 되고 어둠이 되어서.

세상의 아름다운 것들만 보고
예쁜 소리만 듣고
좋은 생각만 가지기에도
지상에서의 시간은 부족하다.

점

얼굴이 하얀 여자는
자기 얼굴에 난
까만 점이 부끄러웠다
그러나 남자는 그 점이
사랑스러웠다
여자의 부끄러워하는 마음과
남자의 사랑하는 마음이
그 여자의 까만 점 안에서 만나
더욱 빛나고 단단한
또 하나의 점을 이룩했다.

마음의 고요를 위해서는
혼자만의 공간, 명상을 할 수 있는 한가로운 시간,
그리고 밝고 깨끗한 생각과 정신이 필요하다.

바람이 붑니다

바람이 붑니다
창문이 덜컹댑니다
어느 먼 땅에서 누군가 또
나를 생각하나 봅니다

바람이 붑니다
낙엽이 굴러갑니다
어느 먼 별에서 누군가 또
나를 슬퍼하나 봅니다

춥다는 것은 내가 아직도
숨쉬고 있다는 증거
외롭다는 것은 앞으로도 내가
혼자가 아닐 거라는 약속

바람이 붑니다
창문에 불이 켜집니다
어느 먼 하늘 밖에서 누군가 한 사람
나를 위해 기도를 챙기고 있나 봅니다.

산책을 하고, 자전거를 타고, 영화를 보아라.
사소한 것이라도 내 것으로 삼을 때,
우리는 행복한 사람이 된다.

감사

이만큼이라도 남겨주셨으니
얼마나 좋은가!

지금이라도 다시 시작할 수 있으니
얼마나 더 좋은가!

아는 사람보다 좋아하고 즐기는 사람이 더 행복하다.
아는 사람으로만 살면 서로 평가하고 경쟁하기 때문이다.

쉬어 가자

바람 좋다 쉬어 가자
나무 좋다 쉬어 가자
여기가 어디냐 무릉도원쯤이냐
구름 좋다 놀다 가자
하늘 좋다 놀다 가자

기뻐하라.
내일을 걱정하지 말고
오직 오늘, 순간순간의 삶에 집중하라.

꽃 2

누군가 이 시간 당신을
사랑하는 사람이 있다고 생각하면
살맛이 날 것이다

어딘가 이 시간 당신을 위해
기도하는 사람이 있다고 생각하면
더욱 살맛이 날 것이다

더구나 당신이 세상으로부터
사랑받는 사람이라고 생각한다면
드디어 당신은 꽃이 될 것이다

팡! 터져버리는 그 무엇
알 수 없는 은은한 향기, 그것은
쉬운 일이기도 하고
어려운 일이기도 하다.

글을 쓸 때는 명상과 고요에 대해 자주 생각한다.
허겁지겁 쓰는 것이 아니라
마음의 결을 따라
호흡을 조절해가면서 쓴다.

차가 식기 전에

차가 식기 전에
하던 말을
마칠 것까지는 없다
하던 생각을
끝낼 필요는 없다
차가 식더라도
하고 싶은 말은
차근차근 하면 되는 일이요
하던 생각은
하나씩 마무리지으면
되는 일이니까.

꽃들은 제가 꽃인 줄 모르고 꽃을 피운다.
우리도 꽃을 피우자.
자연스럽게 우리의 꽃을 피우자.
그래야 더욱 아름답다.

꽃이 되어 새가 되어

지고 가기 힘겨운 슬픔 있거든
꽃들에게 맡기고

부리기도 버거운 아픔 있거든
새들에게 맡긴다

날마다 하루해는 사람들을 비껴서
강물 되어 저만큼 멀어지지만

들판 가득 꽃들은 피어서 붉고
하늘가로 스치는 새들도 본다.

시인은 모름지기 삶이 고요하고 맑고 밝아야 한다.
그러기 위해서 고요한 삶을 키우고 스스로 조심하여
맑은 세계를 지켜나가도록 애써야 한다.

자연과의 인터뷰

구름아, 나하고 이야기하자
어디를 갔었는지 무엇을 보았는지
무척 많이 듣고 싶단다

풀들아, 꽃들아
늬들도 나하고 이야기하자
늬들한테도 들을 얘기가 아주 많단다

아침에 어떤 새들이 지절거렸는지
점심때 바람이 무어라 속삭였는지
나는 너희들이 무척이나 부러울 때가 있단다.

그럼에도 불구하고 우리는
밥을 먹고 잠을 자고 일을 해야 한다.
그럼에도 불구하고 우리는
아낌없이 사랑하고 조금 더 참아낼 줄 알아야 한다.

인생

화창한 날씨만 믿고
가벼운 옷차림과 신발로 길을 나섰지요
향기로운 바람 지저귀는 새소리 따라
오솔길을 걸었지요

멀리 갔다가 돌아오는 길
막판에 그만 소낙비를 만났지 뭡니까

하지만 나는 소낙비를 나무라고 싶은
생각이 별로 없어요
날씨 탓을 하며 날씨한테 속았노라
말하고 싶지도 않아요

좋았노라 그마저도 아름다운 하루였노라
말하고 싶어요
소낙비 함께 옷과 신발에 묻어온
숲 속의 바람과 새소리

그것도 소중한 나의 하루
나의 인생이었으니까요.

누구나 마음속에 자신의 별을 지니고 사는 것이
진정 아름다운 인생이다.

섬에서

그대, 오늘

볼 때마다 새롭고
만날 때마다 반갑고
생각날 때마다 사랑스런
그런 사람이었으면 좋겠습니다

풍경이 그러하듯이
풀잎이 그렇고
나무가 그러하듯이.

좋아질 날을 꿈꾸면서 앞으로 계속 가보자.
자신이 가진 결핍까지 사랑하라는 건 아니다.
포기하지 않는 게 중요하다.
그리고 자신의 모자란 점을
너무 나무라지 말고 나아갔으면 좋겠다.

누워서 생각했을 때

좋은 세상 뒤로 하고 가는 것
예쁜 것 더 이상 못 보는 것
고운 소리 더 이상 못 듣는 것
그럴 수 없이 서러웠다

읽다 만 책 몇 페이지
마저 읽지 못하는 것
좋은 사람들 더 이상
만나지 못한다는 것
그 또한 아쉽고 안타까웠다

그 무엇보다도 세상으로부터
잊혀진다는 것
깡그리 세상 사람들로부터
잊혀질지도 모른다는 것
그것이 가장 두렵고 힘들었다

누워서 누워서
혼자 생각했을 때.

어디라도 좋다.
비록 짧은 시간이어도 마음의 여유를 가지고
마음의 촉수를 모으는 일에서부터 시작한다.
그러노라면 마음이 은은한 빛깔로 밝아지며
또 다른 공간이 서서히 열리고,
새로운 눈과 귀가 생겨 현실 세계에는 없는
마음속 풍경을 바라보고 소리를 듣게 된다.
숨겨진 나의 모습을 발견하고 대화하게 된다.

그냥 좋다

일 다 해놓고
가을에 거둘 곡식들 다 심어 놓고
곡식이 자라기를 기다리는
망중한

들판에서 이웃들이랑 어울려
쉬고 있을 때
논과 밭 위로
곡식들 위로 불어오는
산들바람

밥을 지어 놓고 뜸이 들기를
기다리는 잠시
네가 숙였던 고개
다시 들기를 기다리는
그 잠시

그냥 좋다.

시인은 자기 자신의 마음을 잘 들여다볼 줄 아는 사람이다.
내 마음속에 지금 바람이 불고 있는지,
구름이 끼어 있는지, 꽃이 피어 있는지,
그걸 아주 잘 아는 사람이다.

연필그림

검정색 속에
붉은 색이 들어 있고
하얀 색 속에
초록색이 숨 쉬고 있다고 믿는다

노랑색도 하늘파랑
꽃자주 바다군청 새싹연두
모든 색깔이 숨어 있다고 생각한다

그래, 거기에 따뜻한 상상
머나먼 꿈이 있다
원시가 산다.

"시인님의 봄의 어땠어요?" 라고 한 학생이 물었다.
"네가 내 옆에 와있으니 나의 봄은 현재 진행형이 아닐까?
너 자신이 봄이다. 그렇기 때문에 나도 봄이다." 라고 답하자
그 애 얼굴이 불그레 해졌다.

사는 법

그리운 날은 그림을 그리고
쓸쓸한 날은 음악을 들었다

그리고도 남는 날은
너를 생각해야만 했다.

인생을 살다 보면 위기가 온다.
나는 스물다섯 살에 좋아했던 여자로부터 버림받은 게
내 인생의 첫 위기였다.
다 포기하고 죽고 싶었다.
그 마음을 참을 수 없어 시로 썼는데
신춘문예 당선작이 되었다.
그녀가 나를 버리지 않았다면 나는 시인이 될 수 없었을 것이다.
그렇다고 버림받으라는 건 아니다.
힘든 일이 생겼을 때 그 일을 계기로 삼아 일어서라는 말이다.
스스로 일어난 사람에게는 진정한 능력이 생긴다.

삶

자기가 하고 싶은 일을 하면서
사는 삶이기를!

부디 다른 사람에게 비난받지 않는
그런 삶이기를!

더더욱 다른 사람에게 칭찬받는
그런 삶이기를!

나에게 빌고
너에게도 빈다.

사는 게 고달플 때는 '나만 그렇다'하며 산다.
사는 게 많이 좋아지고 너그러워져야
'너도 그렇다'하며 살고 싶어진다.

상생

나한테 좋은 것이면
너에게도 좋고

너한테 좋은 것이면
나에게도 좋다

더 이상 해답은 없다.

우리는 모두 죽는다.
죽음을 기억하고 열심히 살아라.

범사

오늘도 세상엔 아무런 일도 일어나지 않았다
내게도 특별한 일이 일어나지 않았다
감사한 일이다

오늘도 나는 초록색 자전거를 타고
금학동 집에서 문화원까지 출근했다가 돌아왔다
감사한 일이다

저녁에 몸을 씻고 알전등 아래 기도를 드리고
잠을 청하려고 그런다
역시 감사한 일이다.

우울하니까 명랑한 걸 쓰고
사랑이 없으니까 사랑을 쓴다.
그렇게 없는 것을 자꾸 채워주는 것이
바로 시다.

말

하루 종일 버리고 버린 나의 말
사람들 가슴에 던지고 던진 나의 말

비수가 되지 않았기를
쓰레기가 되지 않았기를

더러는 조그만 꽃씨 되어
싹이 틀 수 있기를.

자세히 보고 오래 보면 궁금해진다.

이름이 뭔지, 모양도 색깔도 궁금하다. 궁금하면 알게 된다.

알게 된 결과가 가장 좋은 관계는 연인이다.

그런데 이 단순한 사실을 사람들이 잘 모르고 지나친다.

그래서 비밀이라고 시에 썼다.

풀꽃 2

이름을 알고 나면 이웃이 되고
색깔을 알고 나면 친구가 되고
모양까지 알고 나면 연인이 된다
아, 이것은 비밀.

좋아하고 즐기는 일은 더불어 해도 좋지만
혼자서 해도 좋다.
좋아하고 즐기는 일을 혼자 하다 보면
저절로 만족감과 자존감이 생긴다.

저녁

풍경, 저 너머 무엇이 있을까?
오늘도 하루는 고요하고 평화롭고
아까도 새 두 마리 날아갔는데
또 새 두 마리 바쁘게 날아간다.

산다는 것은
나 스스로 살아갈 용기를 만드는 것이다.

가질 수 없어

가질 수 없어
갖지 않는 것은
갖지 않는 것이 아니다
가질 수 있어도
갖지 않는 것이 정말로
갖지 않는 것이다.

인생삼여(人生三餘)
하루에 남은 시간 저녁
일 년에 남은 시간 겨울
인생에 남는 시간 노년

저녁에는 좋은 생각을 하고
겨울에는 책을 읽고
그리고 노년에는 내 삶을 살 것.
노년기가 최고의 인생이다.

충분한 하루

하나님, 오늘은 이것으로 충분했습니다

아침에 일어나 밝은 해를 다시 보게 하시고
세 끼 밥을 먹게 하시고
성한 다리로 길을 걷게 하셨을 뿐더러
길을 걸으며 새소리를 듣게 하셨으니
얼마나 크신 축복인지요
더구나 아무하고도 말다툼 하지 않았고
다른 사람 신세 크게 지지 않고 살게 해주셨으니
이 얼마나 감사한 일인지요

이제 다시 빠르게 지나가는 저녁시간입니다
하나님, 오늘은 이것으로 충분했습니다
내일도 하루 충분하게 살게 하여주십시오.

시가
나를 깨운다

놓일 곳에 놓인 그릇은 아름답다
뿌리 내릴 곳에 뿌리 내린 나무는 아름답다
꽃필 때를 알아 피운 꽃은 아름답다
쓰일 곳에 쓰인 인간의 말 또한 아름답다.

「아름다움」 중에서

마음의 눈과 정신의 눈, 그리고 영혼의 눈을 뜨려면
육신의 눈으로는 부족하고 글자를 알아야 한다.
책을 읽을 수 있어야 한다.

독서

독서는 건강한 수면제
하루 일과를 끝내고
목욕을 하고 기도까지 마치고
한 시간이나 30분
책을 읽는다

쭈그리고 앉아서
엎드려서, 바로 누워서
책을 읽다가 책을 손에 쥐거나
얼굴에 얹고 잠을 자는 버릇은
어려서 외할머니네 집에
얹혀서 살 때부터의 버릇

천천히 잠이 책이 되고
책이 내가 된다
드디어 나는 책 속으로 들어가
책 속의 길을 걷는다
우거진 나무 수풀이다
수풀을 따라 길이 나 있다
길 위에 별들도 떴다.

사랑하는 마음만으로는 시를 쓸 수 없다.
미워하는 마음도 있고
원망도, 어둠도, 실망도,
불안이 있어서
더 따뜻하고 편안하고
좋은 시를 쓴다.

여행의 끝

어둔 밤길 잘 들어갔는지?

걱정은 내 몫이고
사랑은 네 차지

부디 피곤한 밤
잠이나 잘 자기를…….

마음도 빨래가 필요하다.
마음을 빨래하는 방법 가운데 하나가
시를 읽고 시를 쓰는 것이다.
일기여도 좋고 편지여도 좋다.
잘 쓸 필요는 없다.
그냥 계속해서 쓰자.

빈자리

누군가 아름답게
비워둔 자리
누군가 깨끗하게
남겨둔 자리

그 자리에 앉을 때
나도 향기가 되고
고운 새소리 되고
꽃이 됩니다

나도 누군가에게
아름답고 깨끗하게
비워둔 자리이고 싶습니다.

시는 내 영혼의 말.
끝까지 살아남는 시에는
신이 주신 문장이 들어 있다.

축복

처음보다는
나중이 좋았더라

좋았어도
아주 많이 좋았더라

날마다 너의 날들도
그러기를 바란다.

감동을 주는 시는 쉽게 쓰는데 어렵고,
작게 쓰는데 크다.
중요하고 어려운 일.

시 2

온 몸을 인생에 적셔
그 붓으로 꿈틀꿈틀
몇 마디 되다 만 문장.

나는 어제의 내가 아니다.
날마다 새사람이고 첫 사람이다.
새로 맞이하는 새날인 오늘이 나의 첫날이다.

작은 깨침

사랑!
예쁘지 않은 것을
예쁘게 보아줌

믿음!
믿을 수 없는 것을
의심 없이 믿어줌

기적!
일어날 수 없는 일이
분명히 일어남.

시는 감정이다. 서사가 아니라 서정이다.
사실과 사건은 시간 순서대로 이치에 맞도록
조리 있게 펼쳐야 하지만
감정은 급한 대로 쏟아내야 한다.
아마도 사람들이 감정을 쏟아내는 것에 숙달되지 않아서
시 쓰는 게 어렵다 말하는 것 같다.
싸우듯이 쓰고, 유언하듯이 써라.
그리고 외마디 소리로 쓰고, 남 눈치 보지 않고 쓰고,
잘 쓰려고 하지 마라, 그냥 막 써라.

시에게 부탁함

그 시절 힘들었을 때
살며시 이마 위 꽃잎으로 얹히고
어깨 위에 부드러운 손길로 왔던 누군가의 시
그로 하여 그래도 내가 숨 쉴 만했고
가던 걸음 이을 수 있었던 것처럼

가라! 이제는 나의 시에게 말한다
어디든 가서 내가 모르는 사람
그 날의 나처럼 힘든 사람에게
부드러운 손길이 되고 가벼운 꽃잎이 되라

그리하여 뒷날
나의 시로 하여 그래도 견디기 힘든 날
숨 쉴 만했다고 견딜 만했다고
그래서 조금은 좋았다고 고백하게 하라.

60년 동안 쓴 시 5천여 편.
식은 죽 먹듯 누워서 떡 먹듯 쓰지 않았다.
날마다 서툴고
날마다 설레고
날마다 틀리고
망설이며 썼다.

햇빛 밝은 날

종일
바다와 마주 앉아
시 한 편 건졌습니다

종일
풀꽃과 눈 맞추다가
그림 하나 얻었습니다

옛다!
이거나 받아가거라
고요한 우주의 숨소리를 들었습니다.

나의 시에는 '너'가 많다.
'너'는 너한테 가면 '나'가 된다.

사랑이여 조그만 사랑이여 9

너를 알고 난 다음부터 나는
잠을 자도
혼자 잠을 자는 것이 아니라
너와 함께 잠을 자는 것이요,

너를 알고 난 다음부터 나는
길을 걸어도
혼자 걷는 것이 아니라
너와 함께 걷는 것이요,

너를 알고 난 다음부터 나는
달을 보아도
혼자 바라보는 달이 아니라
너와 함께 바라보는 달이다.

너를 알고 난 다음부터 나는
노래를 들어도
혼자 듣는 노래가 아니라
너와 함께 듣는 노래이다.

왜 글을 쓸까? 살기 위해서.
글의 소재는 마음 속에 들어있는 감정이나 생각이다.
감정과 생각이 쌓이면 풍선처럼 커져서
터지기 전에 빼내야 하는데, 그 방법이 바로 글쓰기다.
울컥하고 화날 때, 서럽고 절망스럽거나
우울하고 답답할 때, 그런 감정을 글에 맡긴다.
자꾸 망설이고 따지지 않고 편안하게 막 쓴다.

구름이여 꿈꾸는 구름이여 60

꽃은 칭찬해 주지 않아도
저 혼자 아름답다.

너는 사랑해 주지 않아도
깨끗한 영혼을 가지고 있다.

이미 꽃은
저 혼자의 아름다움만으로도
차고 넘치기 때문이요,

이미 너는
너 혼자의 영혼만으로도
깨끗하고 충만하기 때문이다.

시를 쓰려면 예리한 눈초리와 지속적인 애정,
부드럽고 겸허한 마음씨가 필요하다.
무엇이든 눈여겨 살펴 미세한 음성에
귀 기울일 줄 아는 게 중요하다.

물은

물은 외로워도 외롭다 말하지 않고
기뻐도 어여쁜 모습 만들지 않는다
다만 흐르고 흘러 낮아질 뿐이요,
작아지고 작아지다가 바다를 이룰 뿐이다.

위대한 시인은 훔치고 졸렬한 시인은 빌린다.
하늘 아래 새것, 완전한 것, 독창적인 것은 없다.
찾아내고 발견하고 빌리는 것이다.

아름다움

놓일 곳에 놓인 그릇은 아름답다
뿌리 내릴 곳에 뿌리 내린 나무는 아름답다
꽃필 때를 알아 피운 꽃은 아름답다
쓰일 곳에 쓰인 인간의 말 또한 아름답다.

사람들에게 잘 기억되는 시는 특징이 있다.
그것은
간결하다,
짧다,
단순하다,
이해가 쉽다,
임팩트가 있다, 이다.

선물

세상이 내게 준 선물은
내가 쓰는 나의 시
내가 세상에게 주는 선물도
내가 남기는 나의 시
세상이여 영원하거라
내가 남긴 시여 오래 살거라
이 세상은 참 좋은 곳이란다.

나의 시는 내 인생 속에 있다.
내가 보는 세상 속에,
내가 겪는 인생과 고난,
그리고 사랑하고 좋아하는 자연 속에 있다.

사랑

빛과 함께
소리와 함께 온다
향기와 함께
웃음과 함께 온다
그러나 눈물을
남기며 사라진다
바다가 되지도 못하면서
가슴속엔 몇 알갱이
소금을 남기며
사라진다.

누군가를 좋아하면
안에서 터질듯한 감정이 생긴다.
이 감정을 어떻게도 풀어낼 수 없는 지경에 이르면
시를 쓴다.

시

마당을 쓸었습니다
지구 한 모퉁이가 깨끗해졌습니다

꽃 한 송이 피었습니다
지구 한 모퉁이가 아름다워졌습니다

마음속에 시 하나 싹텄습니다
지구 한 모퉁이가 밝아졌습니다

나는 지금 그대를 사랑합니다
지구 한 모퉁이가 더욱 깨끗해지고
아름다워졌습니다.

시인은 세상 사람들의 감정을 보살펴주는 서비스 맨.
사람들이 힘들고 지치고 어려울 때 가서 만나고
얼마나 힘드냐 같이 가자, 좀 기다려볼 수 없느냐,
위로하며 사는 게 시인의 운명이고 살길이다.

시집

나의 시집은 오직 한 권
꿈속에 두고 왔다

날마다 나의 시 쓰기는
그 시집을 기억해내는 일

한 편씩 어렵게
베끼는 작업이다.

시를 쓰게 하는 원동력 네 가지는
호기심, 그리움, 사랑, 그리고 열정이다.
가장 중요한 것은 열정.
열정은 호기심과 그리움, 사랑을 유지하고 발전시켜
지속하고 더 상승하게 도와주는 힘을 가진 에너지다.
열정 때문에 할 수 있다.
열정 덕분에 계속 쓸 수 있다.

아침 새소리

아침 새소리를 들으려고
어제 저녁 일부러
일찍 잠들었는데
나보다 한 발 앞장 서
잠깨어 숲을 흔들고
창을 흔들고
잠든 나를 흔들어 깨우는
새소리
온, 녀석들
부지런하기도 하지.

시는 나에게 밥이고 공기이고 물이다.
시가 잘 써지는 날은 기쁘고 행복했고,
시가 시원치 않은 날은 우울하고 불행감에 시달렸다.
시는 나를 끊임없이 공부하는 사람,
무엇인가를 찾아다니고, 어딘가로 떠나는 사람으로 만들었다.
시를 위해 음악을 듣고 시를 생각하며 그림을 보았다.
시는 나로 하여금 조그만 것, 잊힌 것, 초라한 것들을
사랑하는 사람으로 만들어주었다.
그래서 조금 더 맑은 세상에 살고
향기로운 삶을 꿈꾸는 사람으로 남아 있을 수 있었다.

귀로에 올라 1

밤에 눈을 뜬 사람만이
빛나는 별을 볼 수 있고

아침에 일찍 잠깬 사람만이
아름다운 새소리를 들을 수 있다

번번이 돌아오는 길목에서
다짐 두는 말

다시 시작하리라
다시 시작하리라

새들은 울음으로 말을 하지만
시인은 시로서만 말을 한다.

·

나의 시가 힘들고 어렵고 지치고 답답한 사람들에게
위로가 되고 축복이 되길.
기쁨이 되고 악수가 되고 꽃다발이 되길.

귀로에 올라 2

나는 세상에
시인으로 태어난 것을
감사하게 생각한다

작은 것을 보고서도 크게 느끼고
보잘것없는 것을 두고서도
아름답게 기억할 수 있는
가슴이 내게 예비되어 있으므로

나는 세상에
사람을 좋아할 수 있는 사람으로
태어난 것을 더욱
감사하게 생각한다

세상에는 어디나 착한 사람들
등을 비비며 살고 있었고
그런 사람들끼리 서로 좋아함으로
세상은 조금씩 아름다워질 수 있다는 것을
늦게나마 확인할 수 있었으므로.

나는 시에 세 가지를 담는다.
먼저 감동. 이쪽에서 떨면 저쪽에서도 떨고,
이쪽에서 운 만큼 저쪽에서도 울어주는 마음이다.
두 번째는 응원. 그 사람 편이 되어 주고
위로하는 게 시의 역할이다.
그리고 세 번째는 사람을 살리는 마음을 담는다.
'너 죽고 나 죽자' 가 아니라 '함께 살자'고 쓴다.

기쁨

난초 화분의 휘어진
이파리 하나가
허공에 몸을 기댄다

허공도 따라서 휘어지면서
난초 이파리를 살그머니
보듬어 안는다

그들 사이에 사람인 내가 모르는
잔잔한 기쁨의
강물이 흐른다.

살아서 천국을 살지 못한다면
죽어서 천국에 가도 천국인 줄 모를 것이다.
지금 그대 눈앞에 보이는 풍경이 바로 천국의 풍경이다.
그대 앞에서 웃고 있는 사람이 천국의 사람이다.
그를 바라보는 그대 또한 이미 천국의 사람이다.

눈부신 세상

멀리서 보면 때로 세상은
조그맣고 사랑스럽다
따뜻하기까지 하다
나는 손을 들어
세상의 머리를 쓰다듬어준다
자다가 깨어난 아이처럼
세상은 배시시 눈을 뜨고
나를 향해 웃음 지어 보인다

세상도 눈이 부신가 보다.

사람들 떠나고 세상살이 많이 변했어도,
사람들이 심은 나무는 그 자리에서
푸르게, 푸르게 자란다.
사람들이 지키지 못한 약속까지도
나무는 묵묵히 지켜 키를 더하고
하늘의 길을 밝힌다.

새봄

무슨 일이 일어나긴
일어난 모양이에요
그렇지 않고선 이렇게
가슴이 울렁거릴 까닭이 없어요
한 소금 잠든 사이
한숨 몇 번 내쉬는 사이
하기야 이름 모르는 꽃들이 피어나고
나무의 푸름 더욱 푸르러지고
바람의 맛이 많이 달라졌다고요……
그런 것 말고 무엇인가
아주 중요한 일이 일어나긴
일어난 모양이에요
그렇지 않고선 이렇게
가슴이 울렁거릴 일이 아니에요
지구에게 혹은 나에게.

마음 속에 시 하나 싹트면
지구 한 모퉁이가 밝아진다.

시인 1

옛날의 솜씨 좋은 시인들은 시를 써
꽃나무 가지에 걸어 놓고
개울물에게 맡기고
새들한테 부탁하기도 했다

더러는 달빛에게도 주고
자기네 집 소 뿔 위에 꽃다발로 얹어주기도 하고
기르는 강아지 밥그릇에 슬쩍 넣어주기도 했다

그러나 솜씨가 떨어져도
한참은 떨어지는 나는
겨우 종이에 시를 쓰며 이렇게
한평생 살아갈 수밖에는 없는 노릇이다.

감사는 신을 위해 하는 것이 아니라
자기 자신을 위해서 하는 것이다.

시를 두고서

나의 시가 외로운 것은
세상이 외롭기 때문입니다

나의 시가 쓸쓸한 것은
당신이 쓸쓸하기 때문입니다

시인은 세상의 번역가
나무의 말을 번역하고 구름의 말
새들의 말을 번역합니다

시인은 당신의 통역사
당신의 슬픔과 기쁨 그리고
외로움을 통역합니다

나의 시가 때로 슬픈 것은
지구가 슬픈 탓입니다

나의 시가 때로 어둑한 표정인 것은
우주가 또 어둑한 표정인 탓입니다.

사람들이 기죽지말고 살았으면 좋겠고,
자기가 가진 아주 좋은 꽃을 피웠으면 좋겠고,
그리고 끝에 가서는 '아, 참 좋다'
이런 말이 나오기를 바래서 시를 쓴다.

잠들기 전에

하루해가 너무 빨리 저물고
한 달이 너무 빨리 간다
1년은 더욱 빨리 사라진다

밤이 깊어도 쉬이 잠들지 못하는 까닭은
다시는 아침이 없을 것만 같아서다

내일 아침에도 잊지 말고 꼭
깨워주십시오
기도를 챙기고 잠을 청해보는 밤

우리에겐 이제 사랑할 일밖엔
아무 것도 남지 않았다.

살아지는 게 아니라 살아내는 것이다.
순간순간 빛나고 아름다운 삶을
포기하지 말고 살고 싶어서 살자.

그 말

보고 싶었다
많이 생각이 났다

그러면서도 끝까지
남겨두는 말은
사랑한다
너를 사랑한다

입속에 남아서 그 말
꽃이 되고
향기가 되고
노래가 되기를 바란다.

지금 하는 일이 고달프고 힘들고 따분해도
그게 행복의 기초라고 생각하라.
주변의 작고, 버려지고, 흔한 것들을 사랑하라.
우리는 이 세상에 두 번 다시 오지 못한다.
하루하루는 하나 밖에 없는 날.
나는 첫 사람이다, 새사람이다, 생각하라.
남을 위해서 말고 나를 위해 글을 써라.

시가 나를 깨운다

울긋불긋한 꿈을 꾸다가
아무래도 불편한 느낌으로
문득 깨어 일어나
앉아 있곤 하는 밤

시가 저절로 써질 때 있다

필경은 낮에
쓰다가 실패한 시
꿈속까지 따라와
칭얼대던 시

바로 그 시가 나를 깨웠던 것이다.

시는 급소에 놓아 급한 증상을 빠르게 돌려놓는 침이다.
그래서 사람들이 힘들고 어렵고 우울하고 답답할 때
시로 치료할 수 있다.
함께 가자고, 내가 옆에 있다고 얘기해 주는 시.
시는 짧아야 하고 효과 좋은 침이 되어야 한다.

오후

구름의 잔에
음악을 풀어 넣는다

비어 있는 인생이
문득 향기롭다.

어렸을 때는 한 사람에게 연애편지를 썼는데
지금은 세상 모든 사람들에게 연애편지를 쓴다.
나의 시로.

봄밤

쉬이 잠들지 못하리

꽃이 피어 바위에서도
향내가 날 것 같은 밤

누군가 날 생각하는가

유리창 가 별빛 하나
오래 머뭇거리다 간다.

'저 사람의 아픔이 내 아픔이다'라고 생각하면
시가 나온다. 계속 써진다.
왜냐하면 저 사람의 아픔이 내게 와서 시가 되어
다시 그에게로 가기 때문이다.

사랑이여 조그만 사랑이여 45

외롭다고 생각할 때일수록
혼자이기를,

말하고 싶은 말이 많은 때일수록
말을 삼가기를,

울고 싶은 생각이 깊을수록
울음을 안으로 곱게 삭이기를,

꿈꾸고 꿈꾸노니-

많은 사람들로부터 빠져나와
키 큰 미루나무 옆에 서 보고
혼자 고개 숙여 산길을 걷게 하소서.

당신은 기적을 품은 사람이다.
기적은 당신 안에 있고
암흑 같은 날들이 다가올 때,
기적이 일어나기 시작한다.

어떤 문장

보고 싶다
보고 싶었다

내 일생을 요약하는
두 줄의 문장

말하고 나면 마음이
조금 풀리고

네가 내 앞에 와
웃어주기도 했었다.

시인아, 강을 건널 때는 부디 강물에 빠지지 마라.
굳이 저 편 강으로 다시 돌아가려 하지 마라.
절대로 조급하게 서두르지도 마라.
충분히 기다리고 참으면서 강물 속을 들여다보고 들여다보라.
강물이 떠올려줄 또 하나의 징검다리를 기다려라.
그렇게 하여 강물을 다 건너면 한 편의 시가 완성된다.

나쁜지 않은 생각

어렸을 때 아주 어렸을 때 나는
내가 어여쁜 꽃송이 하나거나
조그만 나무 하나라고 생각하던 때 있었다

내가 꽃을 피우면 하늘도 땅도
따라서 꽃을 피우고
내가 푸르러지면 나무나 풀도
따라서 푸르러진다고 믿던 때 있었다

자라면서 그 꽃송이와 나무는 사라졌지만
적어도 나에게는 나를 떠받쳐주는
커다른 보이지 않는 손이 하나 있어
나를 따라다닌다고 믿고 있다

어제 저녁만 해도 그렇다
빙판에서 넘어졌을 때 다치지 않은 건
그 커다란 손이 나를 받아줘서
그렇다고 믿는다
그다지 나쁘지 않은 생각이다.

시여, 나를 더욱 시에 가까이 다가가게 하시고
내 이름에서도 향내가 나게 하옵소서.

멀리서 빈다

어딘가 내가 모르는 곳에
보이지 않는 꽃처럼 웃고 있는
너 한 사람으로 하여 세상은
다시 한번 눈부신 아침이 되고

어딘가 네가 모르는 곳에
보이지 않는 풀잎처럼 숨 쉬고 있는
나 한 사람으로 하여 세상은
다시 한번 고요한 저녁이 온다

가을이다, 부디 아프지 마라.

에필로그

epilogue

• 잠, 시 그리고 향에 관한 인터뷰
  향기작가 한서형이 묻고 시인 나태주가 답하다

• 잠 시 향, 향기에 대하여

• 자비의 기도

• 저자 소개

잠, 시 그리고 향에 관한 인터뷰

향기작가 한서형이 묻고
시인 나태주가 답하다

『잠 시 향』은 나와 너를 잠들게 하는 잠언과 시, 향이 담겨 잠자기 전이나 잠시 쉬고 싶을 때 읽으면 좋은 책이라는 특별한 콘셉트를 가지고 있는 데요. 시인님께 잠은 어떤 의미인지 궁금합니다.

— 잠은 잠시 죽는 거예요. 잠시 자기를 놓고 죽는 것. 깨어 있을 때, 즉 각성이 사는 것이고 잠은 죽는 겁니다. 그런데 자기를 놓지 못 하고, 잠시 죽는 것이 불안한 사람은 잠을 잘 잘 수 없겠지요. 잠을 못 자는 사람들은 어쩌면 살고 싶어서 잠을 못 자는 것 같아요. 잠들면 다시는 못 깨어날 거 같아서 잠들지 못하는 게 아닐까요. 잠든 다음날 아침에 다시 깨어난다는 신뢰가 없는 거죠.

잠은 잠시 자기를 놓고 죽는 것이라는 말씀이 강렬하게 와 닿아요. 잠시도 자신을 놓지 못해 불안한 사람들에게 삶에 대한 감사와 희망을 담은 시인 님의 시가 휴식과 위안이 될 거 같습니다. 어쩌다 이렇게 잠들지 못하는 사람들이 많아졌을까요?

───   정신적인 조화가 깨져서이지 않을까요? 제가 정신과 전문의는 아니라 짐작일 뿐이지만 독자들을 만날 때마다 느끼는 점은 사람들에게 있어야 할 결핍이나 궁핍, 시련을 견디는 마음의 근력이 많이 약해진 게 아닌가 생각해요.

옛날보다 의식주에 부족함 없이 살다 보니 시련을 겪을 일도 적어지고 경험으로 배우지 못하니까 시련을 당하더라도 이겨낼 만한 내성이나 마음의 근력이 약해지는 거죠. 또 우리가 살아가는 삶이 지나치게 빠른 거 같아요. 내면적으로는 결핍을 안 겪어보고, 고난을 이기는 마음의 근력이 부족한데, 세상은 빠르고 반짝이고 돈 많고 편한 대로 가야 한다고 해요. 그런데 막상 가려니 '내게는 이게 부족하지 않나?'라는 생각이 들고 불만족을 느끼는 거죠. 자기 불만으로 시작해서 박탈감, 우울감, 불안감, 이런 부정적인 감정이 이어지면 점점 잠들기 어렵죠. 대개 잠을 못 자는 게 근심이나 걱정이 많아서거든요. 그런데 근심, 걱정은 생각만으로는 해결되지 않아요. 근심, 걱정은 마치 이슬비에 천천히 옷이 젖는 것처럼 어느샌가 그 사람을 젖게 만드니까 조심해야 해요.

요즘 나는 늘 자고 싶어요. 건강이 좋지 않고, 늘 잠이 부족해요. 어제도 강의를 두 개나 했는데 감기 기운에 배탈까지 나니 너무 피곤하고 힘들었어요. 그래도 견딜 수 있는 것은 매일 하나님께

내일 아침에 깨워 달라고 기도를 드린 후에 잠을 잘 자고, SRT나 KTX를 타고 이동할 때 조금이라도 잠을 자기 때문인 거 같아요.

근심, 걱정에 젖어들지 않게 조심하려고 해도 참 쉽지 않습니다. 시인님께서는 해결하지 못하는 근심, 걱정이 생겨 불안해지고 잠들지 못할 때는 어떻게 마음을 다스리세요?

— 다스리지 않고 서성거려요. 그래서 내 마음이 불안하면 벌써 주변 사람들이 알아요. 불안함을 알리려고 표현하는 거죠. 그리고 혼자 있을 때 불안하면 음악을 들어요. 역동적인 음악이나 노래보다는 잔잔하고 가벼운 기악곡을 주로 들어요.

가사가 들어가면 의미를 자꾸 생각해야 해서 피곤해요. 그래서 말없이 음율과 소리만 들어간 음악을 듣죠. 예를 들면, 인도 명상곡을 듣곤 하는데, 단순한 음율이 계속 반복되서 릴랙스가 돼요. 그리고 명상음악을 찾아서 듣기도 하고요. 여행을 다니며 사온 CD를 듣기도 해요. 마음과 정신을 릴랙스하는 데는 음악이 가장 좋은 방법이라고 생각해요.

그림은 눈을 뜨고 감상하지만, 음악은 눈을 감고도 얼마든지 들을 수 있으니까요. 시각적인 자극이 없다는 건 덜 피곤하게 합니다. 그래서 눈을 감고 음악에 자기를 띄우면 불안한 마음은 사라지고 편안해집니다.

음악이나 시는 감성에서 나오는 건데, 이 감성을 자꾸 이성으로 바꾸려고 하면 피곤해져요. 그냥 즐겨야죠. 그리고 잠도 이성이 아니라 감성에서 오는 건데, 이성으로 제어하려니까 잘 안되는 거고요.

맞아요. 어쩔 수 없는 근심, 걱정을 붙들고 있느라 잠시도 나를 내려놓지 못하죠. 저도 잠들지 못하는 밤이면 생각이 생각의 꼬리를 물고 똬리를 틀고 있다는 걸 알아차리곤 하거든요. 그럴 때 저는 마음으로 읽는 좋은 시 한 편이 큰 위로가 되더라고요. 이제는 음악도 들어야겠네요. 혹시 시인님께서 잠을 잘 자기 위해 꼭 하는 의식이나 비법이 있다면 말씀해 주세요.

저는 매일 밤 잠들기 전에 기도를 해요. 누워서라도 꼭 기도합니다. 잠을 잘 자기 위해서 기도하는 거예요. "하나님, 오늘 하루도 할 일을 다 못하고 잡니다. 이만 살고 죽습니다. 내일 아침에 잊지 말고 깨워주세요." 라고 꼭 기도해요.

「잠들기 전 기도」 라는 시로도 썼지요. 그리고, 힘든 사정이 있는 가족과 몇 사람의 이름을 부르며 부탁드립니다. 내 걱정을 하나님께 맡기고 잘 자기 위해서요. 걱정을 하나님께 미룬다는 점에서는 다소 이기적이지만 그 정도는 이해해 주실 거라고 믿고 기도합니다. 그리고 저는 자기 전에 동화책을 읽어요.

앙투안 드 생택쥐페리의『어린 왕자』를 두세 페이지 읽다 보면 잠이 들어요. 앞으로는 어린아이거나 어린아이였던 모든 사람에게 읽히는『어린 왕자』처럼 잠을 잘 자거나 잠을 못 자는

모든 사람이 잠자기 전에 『잠 시 향』을 곁에 두고 읽었으면
좋겠어요.

너무나 다정하고 멋진 상상이네요. 저도 이 책을 위한 향을 만들면서
잠을 잘 자는 사람에게는 자기 전 의식이 되고, 잠을 못자는 사람에게는
잠을 맞이할 수 있도록 돕는 그런 향을 만들고 싶었거든요. 『잠 시 향』을
펼쳐 글을 읽을 기운조차 없을 때는 눈을 감고 향만 음미해도 좋겠다
생각하면서요.

— 잠시 당신을 내려놓고, 잠시 당신을 잊어버리고, 당신의 잘못과,
당신의 사랑과, 잊지 못하는 것들도 때로는 잊어버리면 좋지 않을
까요. 이 책을 읽으며 잠시 나를 내려놓기를 바랍니다. '잠들기 전
기도'라는 시를 읽으며 다시 깨어날 것을 믿고 마음을 다스리길
바랍니다. 잠을 잘 자든, 못 자든 깨어날 수 있다는 희망이 중요해요.

이 책은 '시가 나를 재운다', '시로 꿈을 꾼다', '시가 나를 깨운다' 로 구성
되어 있는데요, '시가 나를 깨운다'에 수록된 잠언과 시에서 시인님께서는
사람들에게 책을 읽고 글을 쓰라고 말씀하십니다. 특별한 이유가 있을
까요?

마음이 괴롭고 풀리지 않는 문제가 있을 때는 글로 쓰고 표현하면 치유에 도움이 돼요. 사람들에게 "터질 것 같은 마음을 글로 써서 다시 살아라"라고 말하고 싶어요. 저는 지금껏 살면서 욕을 한두 번 해봤어요. 왜냐하면 욕을 하는 것은 나 자신에 대한 모독이라고 생각하기 때문이에요. 나를 그릇으로 생각해 보면 욕하고 나쁜 말을 하면 내가 나쁜 그릇이 되고, 향기로운 말을 하면 향기 그릇이 되는 거니까요.

꼭 시가 아니더라도 글을 쓰는 게 도움이 된다는 말씀이시네요. 시인이 되려는 시가 아니라 마음을 표현하는 도구로의 글과 시요.

그렇죠. 시는 마음을 다스리는데 효과가 있어요. 하지만 문제는 마음이 늘 다스려지지 않는다는 것이잖아요. 옳고 그름은 바로 시정이 돼요. 그런데 좋고 싫은 건 시정이 안 되죠.
옳고 그름이 지식이라면 좋고 싫은 건 정서와 마음인데, 그래서 하고 싶은 일을 하며 살라는 것은 이성적인 것도 있지만 감성적으로 지지 받는 삶을 살라는 거예요. 그러면 틀림없이 삶에 만족감을 느끼게 되고 자동으로 행복해질 거예요.
늘 얘기하듯이 감사 - 만족 - 기쁨 - 행복의 순으로 행복이 자랍니다. 감사와 만족과 기쁨과 행복의 순서에서 앞 단계가 모두 생략되고 행복만 우뚝 강조하니까 문제가 생기는 거예요. 앞 단계에 감사와 만족과 기쁨이 있어야 끝내 행복해질 수 있어요.

행복하기 위해서는 먼저 감사하고 만족하고 기뻐해야 한다는 말씀에
깊이 공감합니다. 제가 공부한 명상의 이론에서도 감사하고 만족하면
기쁘고, 그제야 행복해진다고 하는데, 시인님은 삶으로 배우신 거네요.
시인님, 어떻게 살아야 좋은 삶을 살았다고 말할 수 있을까요?

— 자기가 살고 싶은 대로 사는 거라고 생각해요. 그러면서 남에게
피해 주지 않는 삶, 그리고 나중에는 남에게 도움이 되는 삶. 정리
하자면 세 가지로 말하고 싶어요.
우선 내가 살고 싶은 대로 사는 것. 그런데 막무가내로 독불장군
처럼 살면 안 되고, 남한테 피해 주지 않는 범위 내에서요. 그리
고 결국은 다른 사람에게 도움이 되는 삶을 사는 것이 좋은 삶이
라고 생각해요. 이 세상에 도움이 안 되는 것을 한마디로 말하자
면 쓰레기예요. 흙은 자양분이 되지만 쓰레기는 처치 곤란이죠.
쓰레기 같은 삶을 살아서는 안돼요. 좋은 삶을 추구해야 합니다.

살고 싶은 대로 살되, 결국은 남을 돕는 삶이어야 한다는 말씀을 명심
하겠습니다. 그리고 그런 좋은 삶에『잠 시 향』이 친구가 되어주면 좋
겠다는 바람도 생깁니다.

— 당신이 정말로 좋은 조건으로 살고 있다면 책을 읽으며 잠드는 사람
이면 좋겠습니다. 그때 이 책이 당신의 잠 곁에 있으면 더욱 좋겠

습니다. 친구처럼 곁에 두었으면 좋겠어요. 이 책을 억지로라도 즐겁게 읽고, 늘 당신이 잠드는 곁에 두었으면 좋겠어요.

잠드는 곁에 향기로운 책 한 권, 상상만 해도 편안해져요. 마지막으로, 『잠 시 향』에 수록된 향기에 대해 한 말씀 부탁드려요.

—　　"있는 듯 없는 듯
　　　사실은 있는
　　　가벼운 손짓으로
　　　어딘가 당신과 나를
　　　데려갔으면 싶다."

잠시 향, 향기에 대하여

향기작가 한서형

향기를 만드는 일은 이야기를 짓는 일입니다. 나는 이왕이면 누군가의 마음을 조금이라도 더 따뜻하게 만드는 이야기를 짓고 싶습니다. 내 삶에 켜켜이 쌓인 기억과 상상이 향기라는 이야기에 담기기에 더 평화롭고 아름답게 살아가려 합니다. 편안하고 행복할 때만 향기를 다룹니다. 매일 명상을 하고, 시를 읽고, 글을 씁니다. 작은 정원을 가꾸며 풀과 꽃, 나무의 향을 자주 음미합니다. 이런 일들을 애정을 다해 수행하는 것은 향기작가로서 가장 중요한 업무인 '아름다움에 대한 감각을 갈고닦는 일'이기 때문입니다.

'책은 울타리를 두른 정원'이라는 표현을 좋아합니다. 이 책은 '잠'이라는 주제로 나태주 시인님의 시와 잠언을 섬세하게 고르고 다듬어 완성한 특별한 정원입니다. 서로 다른 계절과 장소에서 자라고 피어난 꽃과 잎, 나무, 열매, 그리고 나뭇진의 향을 담고 있으니 그야말로 상상 속에서만 존재하는 정원이지요. 누구든 책을 펼쳐 '향기로운 잠을 위한 정원'을 평화롭게 거닐기를 바라며 향을 만들었습니다.

향기를 완성하기 위해서는 상상력을 동원하여 향기가 하는 말에 귀를 기울여야 합니다. 조용하지만 인상적이고, 잔잔하지만 힘 있게 잠으로 이끄는 자장가를 닮은 향을 만들고 싶어 시와 잠언을 읽고 또 읽었습니다. 그러다 문득 햇살 좋은 날, 한낮의 볕에 바짝 마른 이불이 떠올랐어요. 다정한 시어들이 보송보송한 이불에 코를 대고 비비면 숨으로 차오르는 햇살 내음을 닮았다는 생각이 들었거든요. 아! 나에게는 편안한 이불이 가장 감미로운 자장가구나. 당장이라도 펼쳐 눕고 싶은 바스락거리는 이불을 닮은 향의 모양을 상상하면 절로 기분이 좋아져서 향을 만드는 내내 행복했습니다.

향을 맡기만 해도 명상 상태로 이끌어주는 귀한 나무와 나뭇진의 향, 긍정적인 마음을 일깨워주는 열매의 향, 고된 몸에 에너지를 북돋워주는 뿌리의 향, 그리고 보드라운 이불처럼 안아주는 꽃의 향을 상상의 정원에 심었습니다. 책장을 넘겨 향기를 음미할 때, 자신만의 편안한 이불을 떠올릴 수 있는 향이길 바라면서요. 베르가모트와 라임, 레몬이 다정하게 반겨주는 상상의 정원에서 샌달우드와 벤조인, 베티베르, 파출리가 어우러진 편안하고 따뜻한 향이 길잡이가 되고 보드라운 라벤더와 일랑일랑이 달콤한 꿈으로 안내합니다.

향기의 묘미는 경험하는 이의 몸과 마음 상태, 과거의 기억들, 지향하는 삶 등에 따라 해석되어 저마다의 모양으로 감정을 담아 기억에 새겨진다는 데 있습니다. 함께 읽어도 다른 구절이 각자의 마음에 남는 시처럼요. 자연의 향에 감사한 점은 기억이 다르고 느끼는 바가 달라도 향이 주는 이로움을 누구나 누릴 수 있다는 것입니다. 그래서 방향성 식물에서 추출한 천연 에센셜 오일만으로 향을 만드는 것에 자부심을 느낍니다.

특별히 이 책의 향을 만들기 위해서 자비의 기도를 올리고 명상을 했습니다. 매일 기도해도 매일 잘못한 일들이 떠올랐습니다. 용서하고 자비를 구하며 내일은 조금 더 나아질 것을 믿을 때, 편히 잠들 수 있었습니다. 이 책을 읽는 당신도 자신을 위해 잠자는 일, 쉬는 일을 소중하게 여기고, 내가 더 편안해지기 위한 노력들을 더 자주 하면 좋겠습니다. 그리고, 『잠 시 향』이 매일 덮고 자는 이불처럼 당신의 쉼과 잠 곁에 늘 함께 한다면 참 좋겠습니다.

끝으로 누군가에게 잠시라도 쉼이 되고 좋은 잠을 잘 때 도움이 되는 시와 글, 향을 책으로 엮고 싶다는 꿈을 『잠 시 향』이라는 결실로 이루는 여정에 함께해 주신 모든 분들께 마음 다해 감사드립니다. 읽을 때마다 마음에 온기가 차오르는 아름다운 시를 써주신 나태주 시인님과 시인님의 잠언을 기록하고 정리해주신 한동일 팀장님, 모든 순간 곁에서 응원해준 사랑하는 남편 유명훈 님께 존경과 사랑을 전합니다.

만일 내가 다른 사람에게 몸으로, 입으로, 생각으로
잘못을 행했다면 내가 평화롭고 행복하게
살 수 있도록 용서받기를 원합니다.

또한 누군가가 나에게 몸으로 입으로 생각으로
잘못을 행했다면, 그들이 평화롭고 행복하게
살 수 있도록 용서합니다.

내가 안락하고 행복하고 평화롭기를 기원합니다.
내가 안락하고 행복하고 평화롭기를 기원하는 것처럼
모든 존재들이 안락하고 행복하고 평화롭기를 기원합니다.

모든 존재들이 함께 행복하고 평화롭기를 기원합니다.
모든 존재들에게 감사합니다.
모든 존재들에게 감사합니다.

238
·
239

●
나태주

1945년 충남 서천에서 태어났다. 공주사범학교를 졸업한 뒤 43년간 초등학교 교사로 재직, 2007년 공주 장기초등학교 교장으로 퇴임했다. 1971년 서울신문 신춘문예에 시가 당선되어 작품활동을 시작했다. 첫 시집 『대숲 아래서』를 출간한 후 『좋은 날 하자』까지 50권의 시집을 펴냈고, 산문집·그림 시집·동화집 등 200여 권을 출간했다. 아이들에 대한 마음을 담은 시 「풀꽃」을 발표한 뒤 '풀꽃 시인'이라는 애칭과 함께 국민적인 사랑을 받고 있다. 소월시문학상, 흙의문학상, 정지용문학상 등을 수상했다. 2014년부터는 공주에서 '나태주 풀꽃문학관'을 설립·운영하며 풀꽃문학상을 제정·시상하고 있다.

●
한서형

식물의 향기를 예술로 표현하는 국내 1호 향기작가. 대표작으로는 '달항아리', '이타미준 시그니처 향', '백제금동대향로 향 287', 2022년 출간한 국내 최초 향기 시집 『너의 초록으로, 다시』 등이 있다. 삼성카드, 담양군, 자코모 등 기업과 브랜드를 위한 시그니처 향을 개발했고, 국립부여박물관, 정읍시립미술관, 2022 광주디자인비엔날레, JAD 페스타 등을 통해 향기 전시를 선보였다. 눈에 보이지 않는 향을 다루는 일을 지극히 시적이고 영적이라 여겨 매일 명상을 하고 '행복할 때만 향을 만든다'라는 원칙을 고수한다. 작가가 만든 향기 의 영혼이 결국은 향기 작품을 통해 사람들에게 고스란히 전해질 수 있다는 믿음 때문이다.

잠 시 향

초판1쇄 발행일 2023년 10월 12일
초판3쇄 발행일 2024년 5월 21일

지은이 나태주, 한서형
잠언 엮은이 한동일
펴낸이 유명훈

책임편집 조숙현
기획편집 한서형
디자인 (주)쏘크리에이티브
인쇄·제책 (주)상지사피앤비

펴낸곳 존경과 행복
등록 2022년 12월 9일 제 2022-000009호
주소 경기도 가평군 상면 축령로45번길 62-240 존경과 행복의 집
전화 031-585-5159
웹사이트 www.respectandhappiness.com
인스타그램 @respectandhappiness.books

· 이 책의 향은 면지에 수록되어 있으며,
  향을 머금는 과정에서 향료로 인한 자국이 생길 수 있습니다. 이는 하자가 아닙니다.
· 종이가 머금은 향은 시간의 흐름과 보존 상태에 따라 지속성이 변합니다.
  또한, 개개인의 후각 경험과 건강 상태에 따라 향의 느낌이나 강도를 다르게 느낄 수 있습니다.
  그러므로 향이 약하게 느껴진다고 해서 이를 교환 사유로 삼을 수는 없습니다.
· 이 책은 저작권법에 따라 보호를 받는 저작물이므로 무단 전재와 복제를 금하며,
  책의 내용을 일부 또는 전부 이용하고자 하는 경우,
  저작권자 및 존경과 행복 출판사와의 서면 동의를 필요로 합니다.
· 책의 가격은 뒤표지에 표시되어 있습니다.
· 만약 책에 하자가 있을 경우, 구입처에서 교환해 드립니다.

MIX
Paper | Supporting
responsible forestry
FSC® C187932

다정하고 포근한
향기 한자락
붓결에 담아 그려요.

잠결에도
향기롭기를-

잘자요, 그대.

그리고 쓰다

이 종이는 향기작가 한서형의 '잠 시 향'을 머금고 있습니다.
천천히 숨을 고르며 향을 음미해보세요.

향기로운 숨이
쉼이되고
좋은 잠이 되길
기도하며
향을 그려요.

눈을 감고 잠시, 향

그리고 쓰다

이 종이는 향기작가 한서형의 '잠 시 향'을 머금고 있습니다.
천천히 숨을 고르며 향을 음미해보세요.